BIBLIOTHÈQUE CHRÉTIENNE

DE L'ADOLESCENCE ET DU JEUNE AGE,

Publiée avec approbation
de Monseigneur l'Evêque de Limoges.

LA

PROBITÉ RÉCOMPENSÉE

PAR

Mme TH. MIDY.

LIMOGES

F. F. ARDANT FRÈRES,
rue des Taules.

PARIS

F. F. ARDANT FRÈRES,
quai des Augustins, 25

1866

LA

PROBITÉ RÉCOMPENSÉE

LA BAGUE PERDUE.

Vous n'ignorez peut-être pas, mes enfants, que, dans Paris où l'industrie revêt toutes les formes, il existe une foule d'entreprises qui ont pour objet l'entretien, l'assainissement et la sûreté de la capitale; elles ont surtout le précieux mérite de faire vivre une foule de malheureux qui gagnent leur pain quotidien en se livrant aux mille travaux qu'elles nécessitent.

Or donc, en 1846, M. B.... ayant

alors l'entreprise générale du balayage de Paris, un homme se présenta dans ses bureaux en demandant à lui parler. C'était un jeune homme de vingt-cinq ans tout au plus, doué d'une physionomie douce et honnête ; sa mise était plus que modeste, quoiqu'il eût fait un bout de toilette pour se présenter convenablement. Vêtu d'une blouse bleue qui accusait un long service, d'un pantalon de gros coutil, d'une lourde paire de souliers ferrés, il s'avança tenant sa casquette à la main, timidement, mais sans gaucherie, respectueusement, mais sans bassesse.

— Monsieur, dit-il en s'adressant à M. B...., et tirant du coin de son mouchoir, où il l'avait nouée, une belle bague enrichie de diamants, voici ce que j'ai trouvé ce matin ; et comme j'ignore quelles démarches sont à faire pour restituer ce bijou à la personne qui l'a perdu, je viens vous prier d'être assez bon pour vous en occuper.

Surpris de la facilité de cet homme à s'exprimer, et non moins touché de l'acte de probité qu'il venait d'accomplir, M. B.... n'avait cessé d'avoir les yeux fixés sur lui pendant qu'il parlait. Après avoir examiné la bague qu'il lui présentait (elle pouvait valoir de sept à huit cents francs) :

— Comment vous nommez-vous ? demanda-t-il ; où logez-vous ?

— Je me nomme Pierre, et je demeure faubourg Saint - Martin, n° 207.

— Mais reprit avec hésitation M. B..., est-ce que vous n'avez pas d'autres ressources que votre balayage, car vous êtes des nôtres, je ne crois pas me tromper ?

Le jeune homme rougit en baissant la tête.

— Des ressources, dit-il, à Poitiers j'en avais; ici je n'en ai plus, et comme je n'y connais personne, j'ai dû prendre le premier travail venu, et celui que je fais vaut toujours mieux que rien.

M. B.... ne put se méprendre au ton d'amertume dont ce peu de mots fut prononcé. Dans la crainte de paraître indiscret ou curieux, il n'osa interroger Pierre plus longuement, et se contenta de lui promettre qu'avant peu de jours, et selon ses désirs, la bague serait remise à son propriétaire, et qu'on en ferait part.

Effectivement, huit jours n'étaient pas écoulés que la bague avait retrouvé son maître, lequel déposa cinquante francs dans les bureaux du balayage pour qu'on les fît tenir à Pierre.

LES MAUVAIS CONSÉILS.

A un an de là, nous retrouvons notre pauvre balayeur, mais bien plus misérable encore : c'est au point qu'il était à peine vêtu ; son visage devenu pâle et maigre, attestait du reste que les vingt sous qu'il gagnait par jour étaient insuffisants pour le nourrir; on fut tout un mois sans le revoir, et ses compagnons le croyaient mort, lorsqu'un matin il vint reprendre son travail.

Charmé de son retour, l'un deux appelé Frédéric, invita Pierre à déjeuner au cabaret du coin. Ce Frédéric était une manière de philosophe qui voyait faux, et qui, pour avoir un bon cœur, n'en était pas moins dangereux. Touché de la tristesse et de l'air maladif de Pierre, il le força, pour ainsi dire, à lui confier sa position ; ensuite de quoi il lui donna le fatal conseil de se présenter le lendemain au bureau pour recevoir le mois écoulé pendant sa maladie, comme s'il avait travaillé. — Que risquez-vous ? dit-il ; nos camarades vous sont dévoués ; nécessiteux comme vous, ils compatissent à vos malheurs. Quant à notre inspecteur, il a gardé le lit de son côté : il y est même encore ; ainsi donc il ne saurait vous démentir. — Pierre objecta le manque de probité. — Qui oserait dire que vous en manquez, lorsque chacun sait que nous faisons pour vingt sous un ouvrage qui en vaut le double? Et ce travail, à quoi sert-il? à enrichir de sueurs un homme qui nous regarde à peu près comme des chiens. Sans compter que ces trente francs, qui vous feront si grand bien, ne lui feront pas grand tort; il en perdrait vingt fois autant par mois qu'il s'en apercevrait à peine.

C'est en vain que Frédéric cherchait par son perfide conseil à persuader son convive; Pierre, révolté de sa proposition, la repoussa sans vouloir même la discuter; mais lorsqu'il lui fallut s'en retourner chez lui, quand, trébuchant à chaque pas, tant il était accablé de fatigue, il réfléchit qu'avant une quinzaine il n'aurait pas un sou à recevoir, il se demanda avec angoisse ce qu'il allait devenir, et si ses scrupules en cette circonstance n'étaient pas trop exagérés.

Malgré ses bonnes résolutions, le résultat de ce combat entre la misère et la probité conduisit Pierre le lendemain dans les bureaux de M. B... « Je viens chercher mon mois, dit-il en babultiant.

— Comment! mais vous n'avez donc pas été payé à la quinzaine?

— Non, monsieur, car il avait eu besoin de s'absenter précisément ce jour-là, dit vivement Frédéric qui accompagnait Pierre ; et comme il lui était possible d'attendre... il a attendu.

Le caissier se mit alors à feuilleter dans le registre où l'on inscrivait l'argent donné aux travailleurs, et le nom de Pierre n'y figurant pas, il allait lui donner ce qu'il demandait, lorsque, levant les yeux, il fut surpris de la rougeur brûlante qui couvrait son visage tout à l'heure si pâle.

— M. Auguste, dit-il à un commis, donnez-moi le rapport de l'inspecteur de la troisième division.

— Le rapport manque, fut-il répondu; l'inspecteur a été malade, on l'attend demain.

— A demain donc, dit le caissier, car je ne puis prendre sur moi de vous payer sans avoir vu l'inspecteur.

Pierre se retira soucieux, agité, se reprochant sa faute, mais n'osant plus retourner en arrière, car c'eût

été avouer qu'il avait menti en récla-
mant un argent qui ne lui était pas
dû.

Pendant qu'il regagnait sa pauvre
mansarde, M. B... rentrait chez lui.
— Eh ! mais, mon Dieu, s'écria-t-
il avec émotion, est-ce que ce n'est
pas le jeune homme à la bague que
je viens de rencontrer au bout de
cette rue? comme il est changé! Le
caissier répondit que c'était bien lui
en effet ; et, à ce propos, il raconta
la demande qu'avait faite Pierre d'un
mois de paie arriérée : sa vive rougeur lorsqu'il l'avait questionné avait
éveillé ses soupçons, et il l'avait remis au lendemain pour le payer,
quand il aurait questionné l'inspecteur de sa division.

— Je sais que vous avez toujours
en vue mes intérêts, répliqua M. B..;
mais, pour cette fois, vous auriez pu
montrer plus de confiance vis-à-vis

de Pierre; car il a fait ses preuves en ce qui touche la probité.

— Et moi j'ai fait mon devoir, répliqua le caissier; la régularité, je ne connais que ça !

— Et l'humanité, reprit un jeune commis, est-ce ainsi que vous la connaissez aussi ?

— Ma foi, si c'est ainsi, mon cher, que vous la comprenez, vous en avez une idée bien peu juste. Apprenez de moi qu'on ne peut être ni généreux, ni charitable que de sa propre bourse et non de celle d'autrui. Ah! si j'étais à la place du patron, je ne dis pas! à la bonne heure. Mais vous voulez que moi, simple caissier, j'aille disposer aussi légèrement de fonds qui ne sont pas à moi ! Pardieu ! vous êtes fou de le penser !

— Je pense que Pierre ira se coucher sans souper avec ses enfants, s'il en a, répliqua le jeune commis;

et, si je l'eusse osé, je lui aurais
offert cinq francs, car il m'a fait com-
passion. Mais bast ! ajouta l'étourdi
en prenant son chapeau, c'est encore là une bonne pensée qui va être
étouffée avec tant d'autres : chauds
pour le mal, tièdes pour le bien,
voilà comme nous sommes; et l'honnête homme qu'on abandonne à sa
misère se jette, pour en sortir plus
vite, dans le vice ou dans la rivière !

Jamais sermon n'agit sur aucun au-
ditoire d'une manière plus efficace
que ne le firent ce peu de mots
sur les résolutions de M. B.... Hu-
main et charitable, sensible et généreux, il avait néanmoins à se reprocher son insouciance et son oubli en
ce qui touchait l'honnête balayeur,
et sa conscience lui criait que c'était
mal à lui de ne pas s'être inquiété
du sort d'un malheureux qui s'était
montré si digne d'intérêt.

LA MANSARDE.

Le lendemain à son réveil, la fi-
gure pâle et maigre du pauvre Pierre
fut la première image qui vint se pla-
cer devant M. B... Se couvrant d'un
manteau qui dérobait un peu ses
traits, il se dirigea à la hâte vers le
faubourg Saint-Martin, et se trouva
bientôt devant la maison qu'il cherchait. Elle était si noire, si déla-
brée, qu'on se sentait mal à l'aise
rien qu'à la voir. Faite pour abriter
la misère, on se disait, en la regar-

2..

dant, que jamais créature heureuse n'avait dû en franchir le seuil.

— Comment un homme qui loge ici, et dont les dehors sont si misérables, a-t-il laissé passer un mois sans demander ce qui lui est dû ? — Voilà ce que disait M. B... tout en montant le sombre escalier ; et prêt à recueillir les renseignements dont il avait besoin , il se fortifiait dans la résolution de faire un exemple sévère s'il était dupe d'une friponnerie (ce qu'il refusait à croire); ou, dans le cas contraire, il se promettait bien de réparer un long oubli en venant en aide à un honnête homme.

Arrivé sur le pallier du quatrième, M. B... frappa à une porte sur laquelle était la clef : — Entrez ! dit une voix ; et il entra. Ce n'était pas une pauvreté ordinaire que celle qui s'offrit alors à ses regards ; on ne voyait là ni ce désordre, ni cette malpropreté qui marchent presque toujours de front avec elle , mais une nudité presque complète, un dénûment presque absolu des choses les plus nécessaires; enfin il suffisait d'entrer dans cette chambre pour se sentir le cœur serré. Un lit· de sangle, garni d'une espèce de couverture qu'on eût trouvée indigne de servir à un cheval de bonne maison, trois chaises dépareillées, et , sur une table grossière et vermoulue, un grand poêlon de terre avec deux vieilles assiettes, dans l'une desquelles figurait un reste de pommes de terre bouillies : voilà tout ce que contenait la triste mansarde.

Au moment où M. B... entrait, une jeune femme assise près de la fenêtre se souleva avec effort, et, lui indiquant du geste une chaise : — Pardon, monsieur, dit-elle, mais je suis si faible que je ne puis...

— J'ignorais que Pierre fût marié,

dit M. B.... en s'asseyant et en la regardant avec bonté.

— Mon mari est sorti, répliqua-t-elle? et je n'oserais pas vous prier de l'attendre, car il ne rentrera que vers deux heures. Tout en parlant ainsi, la pauvre femme avait voulu reprendre sa couture interrompue. Ce fut en vain, et l'aiguille échappant à ses doigts transis glissa jusqu'à terre.

— Tiens, maman, voilà ton aiguille, fit une petite fille de quatre ans environ, et qui semblait sortir des jupons de sa mère, derrière laquelle elle s'était cachée lors de la venue de M. B....

— C'est votre enfant? dit celui-ci en attirant la petite entre ses genoux.

— C'est notre enfant; j'ai bien manqué la perdre! heureusement elle est enfin sauvée; mais qui sait si plus tard!

— La Providence est grande, fit M. B... en caressant les cheveux blonds de la petite, qu'il fixait des yeux d'un air attendri ; espérez en elle.

— Si je n'espérais pas, monsieur, que deviendrais-je ? murmura la convalescente en ajoutant à voix basse, et sans s'en apercevoir : Un mois sans travail !

Douloureusement frappé de ces paroles accusatrices, qui venaient à l'appui des soupçons du caissier, M. B... demanda avec hésitation si c'était elle qui avait été malade:

— Je l'ai été longtemps, monsieur, puis j'allais mieux quand est venu le tour de mon mari. Ah ! nous avons passé un bien triste mois, poursuivit-elle en cédant au mouvement qui l'entraînait et à l'air bienveillant dont on l'écoutait.

— C'était le mois dernier, cela ? demanda M. B...

—Oui, monsieur, répliqua la pauvre femme, le mois dernier, pendant lequel, sans bois, sans argent, sans ressources, il nous a fallu vendre le peu qui nous restait pour avoir du pain, rien que du pain, et encore !

— C'est une cruelle épreuve, reprit M. B.... avec tristesse ; Dieu veuille vous en épargner d'autres, car vous semblez mériter mieux. En attendant, prenez ceci, c'est une somme que j'apportais à votre mari ; je lui dois depuis longtemps ; il vous contera cela. Et, en disant ces mots, il déposa six écus de cinq francs sur les genoux de la jeune mère.

—Je sais déjà de quoi il est question ; pressé de sortir ce matin, Pierre m'a dit, en partant, de prendre courage, parce qu'un ancien ami devait lui rendre, aujourd'hui même, dix écus empruntés depuis longtemps.

M. B... ne pouvait plus conserver aucun doute. Non-seulement Pierre avait prémédité une friponnerie, mais il avait encore inventé une histoire afin de prévenir tout soupçon de la part de sa femme.

Rentré chez lui, il donna l'ordre de faire entrer, sitôt son arrivée, le balayeur dans son cabinet, et là, en l'attendant, mécontent de lui-même et mécontent d'autrui, il se demanda de nouveau s'il n'avait pas beaucoup à se reprocher en tout ceci.

DIEU FIT DU REPENTIR LA VERTU DES MORTELS.

Midi sonnait comme Pierre arri-
vait. Venu seulement pour apporter
une lettre à M. B..., il avait refusé
d'entrer; mais ne sachant comment
motiver son refus, il obéit enfin aux
ordres donnés, et fut introduit dans
le cabinet de M. B...

— Ah ! vous voilà, dit le patron,
en faisant quelques pas vers lui,
vous êtes bien changé depuis que je

ne vous ai vu, mais à l'extérieur seulement, car pour la probité elle est restée la même, j'en suis certain ; n'est-ce pas Pierre ?

Pierre ne répondit rien, et baissa la tête.

—Hier, continua M. B..., on a refusé de vous payer, on a eu tort. Un honnête homme doit être cru sur parole, et vous êtes de ceux dont on ne saurait jamais se défier ; aussi, pour réparer ce qu'avait d'injurieux la méfiance de mon caissier, je viens d'aller moi-même chez vous, et j'ai remis à votre femme les dix écus que je vous devais pour votre travail du mois passé.

Ces paroles produisirent sur le malheureux Pierre l'effet d'un coup de foudre.

— Ah ! monsieur, vous ne savez pas quel mal vous m'avez fait ! s'écria-t-il en s'appuyant au dossier d'une chaise, car il pouvait à peine

se soutenir. Résolu à expier ma
faute, j'allais partir en emportant
l'estime de Louise pour unique consolation, et voilà que j'ai tout
perdu !

— Je ne vous comprends pas; qui
oserait vous mépriser, vous qui,
dans une condition pauvre, avez
rejeté un bien que vous auriez pu
vous approprier, bien qu'il ne vous
appartînt pas ?

— Ce temps-là est bien loin à pré-
sent, reprit le malheureux d'un air
sombre; j'étais un honnête homme
alors !

Touché du repentir qu'accusaient
ces paroles, M. B... se sentit le
besoin de relever un peu le courage
de l'infortuné.

— Avouez-moi ce qui vous tour-
mente, lui dit-il ; aussi bien je crois
l'avoir deviné, et c'est pourquoi je
n'ai rien dit à votre femme de ce

que vous paraissez craindre. Rassurez-vous à cet égard.

— Merci, monsieur, dit Pierre en essuyant deux larmes qui, malgré lui, se faisaient jour ; et maintenant accordez-moi la grâce que j'ai à vous demander : lisez ceci ; peut - être alors me jugerez vous moins coupable que je parais l'être.

— Donnez-moi cette lettre, dit M. B... en avançant la main, je veux la lire, mais à une condition, c'est que vous en attendrez la réponse.

— Oh ! pas ici, dit Pierre; pas là ; pas sous vos yeux ! dans le bureau, si vous voulez.

Pierre une fois sorti, M. B... lut ce qui suit :

« Pardon, monsieur, j'ai voulu vous tromper ; mais si vous saviez ce que c'est la faim, vous me pardonneriez, j'en suis bien sûr.

» Quoi qu'il en soit, et ne pouvant voir mourir de besoin ma femme

et mon enfant, je vais me soustraire
à de nouvelles tentations, me vendre, m'engager, si cela se peut, je
l'ignore; mais j'espère que rien ne
s'y opposera, et Dieu me viendra
promptement en aide dans cette
bonne résolution, la seule qui puisse
amener des jours moins misérables
à ceux que j'aime.

» J'ai commencé par être un honnête ouvrier, je finirai par être un
bon soldat ; ce sera mieux pour moi
que ce que j'allais faire, et, si je
meurs, au moins Louise pourra me
pleurer sans rougir.

» J'avais besoin de vous faire cet
aveu pour me réconcilier avec
moi-même, mais je n'aurais jamais
osé vous le faire en face, et c'est
pourquoi j'ai pris la liberté de vous
écrire. »

M. B... ouvrit la porte de son cabinet : — Pierre, dit-il, venez. — Le
pauvre balayeur entra les yeux bais-

sés et le front couvert de rougeur.

— Que faisiez-vous avant de venir à Paris ?

— Je travaillais dans une imprimerie; j'étais compositeur.

— Pourquoi avez-vous quitté Poitiers?

— Parce que les ouvriers, mes camarades, s'étant insurgés pour avoir de l'augmentation, on m'a renvoyé avec eux.

— Et vous êtes venu à Paris croyant trouver du travail ?

— On m'avait assuré que ce serait facile.

— Et vous avez eu le courage de vous enrôler parmi nos hommes, de vous faire balayeur enfin ?

— Il le fallait, répondit Pierre; la vie de ma femme et de mon enfant était à ce prix; j'ai dû me résigner.

— Vous êtes un digne cœur ! fit M. B.... avec explosion. Et, sans lui donner le temps de se reconnaître, il l'entraîna dans le ureau.

— Messieurs, dit-il en montrant la lettre qu'il tenait encore, ceci est une recommandation comme il en est peu; aussi je veux y faire honneur. Vous allez donc inscrire M. Pierre que voilà au nombre de nos inspecteurs; il va remplacer celui de la cinquième division qui nous demande sa retraite : plus tard nous verrons à mieux faire.

Pierre était immobile de surprise et de joie.

— Eh bien ! dit M. B.... en lui secouant la main d'un air amical, est-ce que ça ne vous va pas, voyons? Mille francs en attendant plus, mon estime, mon amitié... Tout cela est à vous.

— Ah ! répondit Pierre à voix basse, si vous traitez ainsi le repentir, que ferez-vous pour la vertu ?

LE VOLEUR VOLÉ.

C'était un soir de l'an dernier ; mon fils et sa femme m'avaient institué gardien de la maison en compagnie de Stella, Gustave et Marie, mes trois petits-enfants.

Le père et la mère une fois partis, les trois espiègles s'entendirent d'un coup-d'œil; la petite Marie mit du bois au feu et souffla, Stella prit la lampe qu'apportait la bonne, et la posa sur la cheminée, en ayant soin qu'elle fût tournée de façon à ce que ses rayons ne pussent me fatiguer les yeux, pendant que Gustave, roulant près du feu un grand fauteuil à oreillettes, me dit : Mon bon papa, j'espère que tu vas être bien ainsi, avec nous tous auprès de toi, et que, pour la peine, tu nous raconteras une de ces belles histoires comme tu en sais tant ?

— Oh ! fit Marie, une comme la dernière, ou celle-là encore si tu veux ; je ne me lasserais jamais de l'entendre d'abord !

— Par exemple ! reprit Gustave, une belle idée que tu as là ! faire recommencer la même à bon papa pour l'ennuyer, n'est-ce pas ? Du tout, c'est une histoire toute neuve que nous voulons.

— Certainement, dit en riant Stella, parce qu'on a la surprise, au moins.

— Voyons, leur dis-je en me grat-

tant l'oreille, voulez-vous une histoire
arrivée au roi de Prusse ?

—Oh ! s'écria Gustave, si ça t'était
égal de chercher autre chose

— Moi, s'écria Marie en frap-
pant dans ses mains, je sais ce qu'il
nous faut : une histoire de voleurs
bien vraie et bien intéressante, où il
y ait de quoi rire, et qui ne nous
fasse pas peur ; hein ! bon papa,
qu'en dis-tu, toi ?

En écoutant Marie, un souvenir
m'arriva. — J'ai votre affaire, leur
dis-je, et vous serez contents ; écou-
tez-moi. Alors tout le monde fit silen-
ce, et, après avoir jeté un regard de
satisfaction sur mes auditeurs, je
commençai ainsi :

—Dans le village de Meudon, près
d'Issy, il y avait jadis un couvent
de moines quêteurs. C'étaient, pour
la plupart de dignes capucins, hum-
bles de cœur et priant Dieu, ayant
fait vœu de pauvreté et ne subsistant

que d'aumônes, mais qui cependant trouvaient le moyen de faire la charité.

Par une froide matinée du mois de février 1767, le frère Benoist partait de son couvent pour aller faire la quête accoutumée. Le bissac sur le dos, un bâton à la main, et rabattant son capuchon de manière à se garantir de la bise qui soufflait, il se dirigeait vers Fley, charmant village qui avoisine Meudon. C'était par là qu'il devait commencer sa journée; puis continuant sa route, il lui fallait quêter de porte en porte, aller de pays en pays, jusqu'à ce que l'heure de rentrer fût venue, et jusqu'à ce que son bissac fût rempli.

Comme il venait de passer le seuil d'une pauvre chaumière, située presque à l'entrée du bois, et où, malgré le peu d'aisance de celle qui y habitait, on lui donnait une légère aumône, le frère Benoist vit un spectacle qui lui fendit l'âme, et qui n'avait pas grand besoin d'explications. Au milieu de la pièce unique, qui servait de cuisine et de chambre à coucher à la vieille hôtesse de ce lieu, un groupe de voyageurs étalait sa misère ; il était composé d'une femme jeune encore, et de deux petites filles qui réchauffaient leurs mains endolories devant le trop modeste feu qui paraissait dormir dans l'âtre. Derrière les petites filles, la mère était assise. Pliée en deux, et penchée vers la terre, elle essayait de rajuster, à l'aide d'une ficelle, sa misérable chaussure qui menaçait de la laisser en route ; près d'elle était un paquet trop léger, si l'on supposait que ce fût là toute sa fortune, mais bien trop lourd, hélas ! si l'on réfléchissait qu'il lui fallait traîner ce fardeau par les chemins, tout en portant le plus petit de ses enfants qui ne pouvait marcher encore.

Pax vobiscum! dit le frère quêteur.

— Entrez, mon père, et refermez la porte, fit la bonne vieille, car le froid est bien grand et notre feu bien chétif. En disant ces mots elle se leva, et, prenant un couteau posé sur la huche, elle coupa la moitié d'un morceau de lard qui pendait dans la cheminée. — Tenez, dit-elle, nous partageons, et vous, priez Dieu afin qu'il envoie quelques secours et bon voyage à cette pauvre famille que voici; car, par malheur, je ne puis rien lui offrir que le partage de ma soupe pour aujourd'hui, et cet abri jusqu'à demain.

— Vous dites que vous ne pouvez rien, répliqua la voyageuse d'un air pénétré, quand votre humanité nous sauve la vie à tous trois !

— Est-ce que vous allez loin ? dit

le frère Benoist en jetant un regard sur le paquet gisant à ses pieds.

—Je vais à Etampes.

— Et vous venez ?

— D'un petit village à six lieues d'ici.

— Et pourquoi l'avez-vous quitté? demanda le moine avec intérêt.

— Je ne l'ai pas quitté; mais, par suite d'un procès que m'a laissé mon mari en mourant, on vient de me chasser de la maison où sont nées mes pauvres petites, et le peu que je possédais a été vendu pour payer nos dettes et pour acquitter les frais de justice.

— Il vous reste donc un refuge dans le pays où vous allez ? ajouta le frère Benoist d'un ton qui peignait la bienveillance bien plus que la curiosité.

— Je vais chez un de mes frères qui n'a pas d'enfants, et dont la femme toujours souffrante a besoin d'être suppléée dans les soins du ménage. Malheureusement, en m'écrivant de venir la rejoindre, il n'a point supposé que je n'aurais pas même de quoi payer le voyage, et...

— Et par un temps pareil, avec ces deux enfants, vous vous êtes mise en route, au risque de mourir de fatigue et de froid ?

— Il le fallait, fit la pauvre mère en fondant en larmes ; là-bas nous serions mortes de faim !

— Le bon capucin baissa la tête, et le sentiment de son dénuement serra douloureusement son âme. Ayant fait vœu de pauvreté, il ne pouvait rien posséder en propre. Au reste, pour l'instant, son bissac était vide. Il se contenta donc de répéter les mots qui lui avaient servi de bonjour, et faisant trève à d'inutiles regrets, il s'en alla en tirant doucement la porte, après avoir murmuré:

— *Pax vobiscum* !

La journée fut heureuse pour la
quête et triste pour le quêteur ; en
vain lui donnait-on force bons mor-
ceaux, beaucoup de menue mon-
naie et quelques pièces blanches, sa
pensée attristée le reportait sans
cesse vers cette pauvre femme et ses
petits enfants qui, dès le lendemain,
sans argent, sans pain, sans chaussure, allaient se mettre en chemin sous
ce vent glacé, à peine défendus du
froid par de misérables haillons.
Enfin, comme tout finit, les pires
journées ainsi que les meilleures, le
frère Benoist revenait au couvent,
ayant son bissac tellement rempli
qu'à peine il pouvait le traîner, lorsque, se détournant à demi pour jeter un dernier regard sur le village
de Fleury, que l'obscurité lui per-
mettait d'entrevoir, un homme, qui
paraissait sortir de terre s'avança
sur lui en lui présentant un pistolet,

et en s'écriant : La bourse ou la vie.

Le capucin rêva l'espace d'une seconde. Il réfléchit que son bâton était une arme dont il ne ferait pas bon se servir en pareille circonstance, puisqu'une balle pouvait lui traverser la tête avant qu'il eût le temps de remuer le bras. Il se résigna donc, et, tout en donnant sa bourse au bandit, le bon père essaya de le catéchiser, espérant faire une conversion, et l'amener au repentir ; mais tout ce qu'il en put tirer se borna à ceci : — Allons, dépêchez-vous, diseur de patenôtres , et donnez-moi de bon gré cette besace qui vous pèse, ainsi que vous avez fait de la bourse, et je dirai partout que vous êtes un saint homme, et que vous faites la quête pour de pauvres pécheurs.

A cet impertinent discours, le capucin sentit, malgré toute son humilité, le rouge lui monter à la face et

les mains lui démanger fort; mais la
même raison qui déjà l'avait retenu
le retint encore. Il souleva donc sa
besace, et la jetant aux pieds du voleur.

— Tenez, lui dit-il , voilà; mais je
doute fort que ceci vous profite.

Le voleur ne répondit mot, mit la
besace sur ses épaules, et comme
il était prêt à serrer la bourse dans
son gousset : — Combien y a-t-il là-
dedans demanda-t-il au capucin.

— Trente-huit livres et quelques
deniers, fit le frère Benoist.

— Eh ! mais, c'est fort gentil, répondit le voleur en ricanant ; nous
aurons de quoi nous divertir.

Une réflexion vint en ce moment
se présenter à l'esprit du frère quêteur.

— Ecoutez-moi , dit-il, vous me
rendrez bien un service, car je crois
voir qu'au fond vous n'êtes pas méchant. Si je rentre dans mon cou-

vent avec la poche vide et le bissac
absent, je serai rudement puni, et
vous ne pouvez vous imaginer combien les règles de l'ordre où je suis
entré sont sévères sur le chapitre
des infidélités. Evitez-moi les maux
que je redoute, en me laissant em-
porter une marque qui puisse con-
vaincre mes frères les capucins que
je me suis vu attaqué sur la route,
et dévalisé par contrainte : déchar-
gez votre pistolet dans ma robe.

— Etendez-la, dit le voleur. Le
moine obéit, et le coup partit aus-
sitôt. — Mais... dit le bon frère en
regardant l'étoffe, comment cela se
peut-il faire ? il y paraît à peine...

— C'est que mon pistolet n'était
chargé qu'à poudre; ça m'a toujours
suffi pour effrayer mon monde.

— J'avais donc bien raison de
croire que vous étiez rempli d'humanité , dit encore le frère Benoist ;

mais vous avez d'autres armes sans doute ?...

—Aucune, dit le voleur qui reprit sa route pour s'éloigner.

— Ah! c'est ainsi, cria le capucin en lui faisant pleuvoir sur les reins une grêle de coups de bâton ; eh bien! c'est à ton tour maintenant.

Frère Benoist était plein de vigueur, et le voleur, agenouillé, qui lui demandait grâce, ne put l'obtenir qu'à demi moulu, et après avoir restitué tout ce qu'il avait pris. En ce moment le moine vit briller une pièce d'or aux mains du bandit.

— Qu'est-ce que cela ? dit-il d'un ton sévère.

—C'est un louis qui m'appartient.

—Donnez, donnez, dit le capucin; grâce à mes soins, jamais vous n'aurez si bien placé votre argent, et l'aumône que j'en vais faire, jointe à la correction que vous avez reçue, vous ramènera, je l'espère; dans la bonne voie.

Sur un signe qui s'en vint clore le discours du frère quêteur, le voleur s'en fut l'oreille basse, clopin-clopant, à cause des coups qu'il avait reçus ; et jamais on n'a su si les exhortations du moine avaient fructifié dans ce sol ingrat.

Et maintenant; je crois qu'il est à peu près inutile de vous dire, mes amis, à quoi fut employé le louis du voleur?

— Oh! fit Stella, cela se devine sans peine ; il avait si bon cœur, ce pauvre capucin !

— Et si bon courage à taper ! dit en riant Gustave.

— Heureusement pour la pauvre femme, n'est-ce pas, bon papa ? demanda Marie.

— Sans aucun doute. Et, l'esprit léger, le pied leste, le frère Benoist s'en alla tout d'un trait à Fleury, avant de rentrer au couvent; car il avait été si chagrin ce jour-là, qu'il ne voulait pas remettre au lendemain la joie qu'il allait ressentir et celle qu'il allait donner. Ah ! c'était une bien belle âme que celle de mon oncle Benoist !

— Ton oncle ! s'écria Stella, et tu ne nous l'avais jamais dit que tu avais un oncle capucin ?

— Mais, dit Gustave, étais-tu donc heureux d'avoir un oncle comme celui-là ! nous n'en avons jamais eu, nous.

— Non s'écria Marie en se jetant dans mes bras : mais nous avons un bon papa !

Je couvris de baisers le front et les cheveux de l'aimable petite créature qui venait de trouver pour moi ce mot dans son cœur, et comme dans le même moment mes baisers me furent rendus par Gustave et Stella, qui témoignaient ainsi de leur

3..

approbation à ce que m'avait dit la
doucé Marie, je les serrai tour à tour
dans mes bras, en appelant sur leurs
têtes chéries toutes les bénédictions
du ciel.

LA CHÈVRE DU CURÉ.

LA CHÈVRE DU CURÉ

Dans le département de Vaucluse,
auprès de Carpentras, vécut longtemps un bon vieillard, pasteur du
village de S...

Son air était patriarcal, son sourire calme et doux, son regard tout
rempli d'une bonté parfaite, et ce
regard, non plus que ce sourire,
n'avaient jaamais reçu de démenti
par la moind re action de sa vie.

Je l'aimais donc de toute mon âme

et, lorsque j'allais en vacance chaque année chez l'un de mes oncles, riche propriétaire des environs de S..., j'y voyais très souvent le digne curé, et, malgré ma grande jeunesse, mon apparente insouciance et mon étourderie, j'avais été attiré par cet air de dignité calme qui était répandu sur toute sa personne, et dont si peu de gens, vivant au milieu des agitations du monde, donnent l'exemple.

Aussi combien de fois ai-je fait avec lui de longues promenades, qui toujours me semblaient trop courtes ! Que de ruses n'ai-je pas employées, lorsque je le reconduisais le soir au presbytère, pour détourner son attention de la route que nous suivions, afin de le conduire par ce que je nommais alors le chemin des écoliers !

Une fois, on était en 1820, et je venais d'atteindre quatorze ans,

nous avions fait tous deux une loin-
taine excursion à travers les bois,
en la compagnie de Jeannette, qui,
marchant devant nous d'un pas léger,
s'arrêtait aux plus belles touffes de
serpolet et mordait à même. Or
Jeannette était une chèvre blanche
comme la neige, commensale du
presbytère depuis longtemps, et qui
suivait partout son maître comme
l'eût fait un chien.

Dans le moment où, les yeux
attachés sur elle, nous admirions son
air joyeux, ses mouvements pleins
de grâce et son blanc pelage, un bêlement plaintif lui échappa, et la
pauvre Jeannette, frappée par une
pierre aiguë, tomba sans mouvement
sur l'herbe qu'elle teignit de son
sang. Au même instant, et sur le
tournant du chemin, à dix pas de
nous, nous vîmes un jeune garçon
qui semblait rivé sur le sol par notre apparition, et dont le bras encore

levé et l'air de méchanceté joyeuse vinrent nous apprendre quel était le meurtrier de la protégée du pasteur.

En voyant cette joie cruelle, le vieillard fut saisi d'un tremblement soudain, et, jetant un coup-d'œil sur Jeannette qu'il crut morte, il s'élança, aussi prompt qu'un jeune homme, après avoir pris la précaution de se défaire de son bâton, sans doute dans la crainte d'être tenté de s'en servir ; puis saisissant les deux oreilles du vaurien, il les lui tira vertement.

— Aïe ! s'écria le mauvais sujet. Que Dieu vous le rende, M. le curé ! je suis presque sûr qu'elles saignent, mes pauvres oreilles !

— Alors ce sera sang pour sang, dit le curé ; et celui d'un de tes pareils ne vaut pas celui de Jeannette!

— C'est beau pour un curé, ce que vous dites-là, répliqua le méchant enfant. — Et c'est d'un bon chrétien aussi, je m'en vante. Nous préférer une bête qui n'a pas d'âme à sauver !

J'allais courir après le méchant garnement, le pasteur me retint. — Je vous ai donné là un bien mauvais exemple, me dit-il; mais pardonnez-le-moi, mon cher ami, car je suis vraiment malheureux : j'aime tant la pauvre Jeannette ! — Et en disant ces mots d'un accent pénétré, de grosses larmes vinrent mouiller ses yeux.

Cependant cette scène n'avait pas duré deux minutes; quand nous nous retrouvâmes près de la chèvre, elle avait conservé la même position, mais un léger mouvement qu'elle fit vint nous rendre un peu d'espérance ; et, lorsque j'eus été chercher de l'eau à la source voisine, et que le bon curé eut étanché le sang qui coulait de la plaie, nous vîmes que coup n'était pas mortel, et

4.

qu'il avait seulement étourdi la pauvre bête.

Jeannette donc, se ranimant peu à peu, étendit ses pattes engourdies, ouvrit les yeux, et voyant son vieux maître, qui, penché sur elle, la secourait de son mieux, elle le regarda d'un œil doux en lui léchant les mains.

— Mon cher enfant, me dit alors mon vieil ami, asseyons-nous un peu ici, et tandis que Jeannette va prendre le repos dont elle a besoin avant de se remettre en route, je vous conterai son histoire, afin que vous soyez plus disposé à excuser mon emportement.

Alors le pasteur s'assit près de moi, et Jeannette se coucha presque sous nos pieds, en restant immobile dans un doux repos, et tournant seulement la tête vers nous de temps à autre, lorsque dans le cours de son récit son vieux maître venait à la nommer.

« A peu dedistance de ce village, dit le narrateur, et vers la fin de 1816, une bonne femme vivait dans ces cantons, n'ayant plus pour toute famille que son petit-fils, dont le père, étai mort depuis dix-huit ans.

» Claude Bruno avait onze ans alors, et son aïeul n'avait pu l'amener jusque-là qu'à force de privations, car elle ne possédait au monde que sa chaumière, entourée d'un petit jardin, la chèvre que voici, et les produits de son rouet, qui à grand'-peine lui procuraient le pain nécessaire à son existence, à celle de Claude, et parfois, mais bien rarement, un morceau de lard ou de bœuf, que la vieille Babet faisait cuire dans sa marmite, en compagnie de quelques choux et de quelques carottes agrestes, produits de son jardinet.

» Mais bientôt ces jours de gala devinrent plus fréquents ; de petites

douceurs, du sucre, du café, un peu
de vin s'en vinrent meubler peu à
peu l'armoire où la bonne femme
enfermait ses richesses ; c'est que le
jeune Claude avait senti que, devenu
grand, les liens du sang, l'affection,
la reconnaissance, lui imposaient le
devoir de faire pour sa grand'mère,
faible et débile, ce qu'elle avait fait
si longtemps pour lui.

—Sans nulle instruction, sans état,
guidé par sa seule volonté et par
son bon cœur, le petit Claude usa
de mille ressources, qui toutes témoignaient de son intelligence, et
dont le résultat fut de lui fournir de
petites sommes qu'il apportait reli-
gieusement à la vieille Babet, sans en
détourner une obole pour ses plai-
sirs.

» Ainsi l'hiver, c'était sa chasse
(du menu gibier qu'il avait pris dans
ses lacets et qu'il allait vendre à Carpentras), dont il remettait le produit

à sa grand'mère ; d'autres fois il tressait des petits paniers dont il avait le débit assuré, et qu'on lui payait trois francs la douzaine ; si l'on avait besoin d'un coup de main pour quelque ouvrage, pour la moisson, pour la cueillette des fruits, Claude était toujours le premier auquel on pensait dans les hameaux voisins, en raison de sa belle humeur, de son activité, de sa probité ; puis quand venait l'été, levé dès le matin, Claude se mettait en route, emmenait Jeannette avec lui, et tous les deux passaient de délicieux moments, perdus au fond des bois, dans des nids de verdure, l'une paissant les herbes odorantes que nous respirons avec tant de délices, et l'autre cherchant parmi elles quelques-unes de ces plantes si utiles en médecine, qu'on connaît sous le nom de *simples*, et dont un pharmacien habile lui avait demandé une

récolte abondante, afin d'en compo-
ser un sirop auquel il attribuait toutes sortes de vertus.

» Un jour que Claude Bruno s'en
était allé avant l'aube, en compagnie
de Jeannette, pour faire une ample
provision de précieuses fleurs, ses
pas le conduisirent dans un endroit
peu fréquenté, sur le plateau d'une
haute montagne, au pied de laquelle
est un précipice si profond que la
vue se perd en y plongeant. Du reste
vous en jugerez, dit le pasteur, et je
vous y mènerai au premier jour.

» Cependant, continua-t-il en reprenant son récit, la pente de ce
précipice est presque insensible d'a-
bord, et dans les fentes du terrain,
dans les fissures de la roche dont
il est formé, Claude voyait étince-
ler, aux premiers rayons du soleil,
une myriade de ces fleurs bleues,
rosées, jaunâtres, violacées, à la re-
cherche desquelles il était, et qui

produisent les simples qu'on lui demandait.

» Intrépide, le cœur joyeux, l'enfant pose d'abord un pied, puis l'autre, en sondant le terrain avec quelque prudence et en s'accrochant d'une main à d'énormes genêts, à de grosses racines qui semblent poussées là exprès, afin de lui offrir leur appui secourable, tandis que de la main qui lui reste libre il récolte à ses pieds l'odorante moisson. Déjà le sac de toile suspendu à son cou en est tellement rempli que Claude ne pourra plus y rien ajouter, lorsqu'une mauve pourprée, plus belle que toutes les autres, attire ses regards : « Encore celle-ci, » se dit l'enfant. Et le voilà qui se penche, une main tendue pour saisir sa proie, et se tenant de l'autre au tronc resté debout d'un arbre mort depuis plusieurs siècles peut-être.

» Mais, ô malheur! la racine, le

tronc, tout est pourri : un craquement terrible, prolongé, et que répètent les échos de l'abime au fond duquel vient tomber Claude Bruno, se fait entendre.

» Comment vous peindre l'inquiétude de la pauvre vieille Babet, lorsque le jour, en finissant, ne lui ramena pas son enfant bien-aimé ! Où trouverai-je des paroles qui puissent exprimer son désespoir, lorsque deux jours, puis trois, puis quatre furent passés sans qu'elle revît son cher petit Claude, celui qu'elle croyait appelé par le ciel à lui fermer les yeux, et par lequel ses derniers jours avaient été doux et heureux !

» Pour comble de malheur, une bande de loups infestait alors nos montagnes, et la pauvre vieille ne s'endormait que pour voir en songe son pauvre enfant déchiré et mis en lambeaux par leurs dents cruelles.

Jeannette non plus n'avait pas reparu, en sorte que, quand la mère Babet vint me conter sa déplorable histoire, je partageai son opinion sur la manière dont Claude avait dû périr.

» Le cœur serré par le malheur arrivé au pauvre Bruno, je me promenais dans les mêmes lieux où je l'avais rencontré plusieurs fois les derniers jours de sa trop courte vie, tout en rêvant à lui, à sa triste grand'mère, maintenant seule au monde et sous le poids d'une douleur qui devait la tuer, tout-à-coup je vis s'élancer un objet, qu'à cause de l'obscurité je pris pour une petite fille vêtue de blanc. Mais quelle apparence qu'un être vivant se trouvât à cette heure dans le lieu isolé et presque inaccessible où j'étais parvenu, et qui ne menait à rien, et où l'on ne passait que pour se promener, et encore si rarement !

Quoiqu'il en fût, quelque chose me tenait là comme cloué au sol ; puis une idée me vint, et, retroussant ma soutane dans mes poches, je me mis à gravir encore, afin de voir une seconde fois cet objet inconnu que je brûlais de retrouver. Arrivé sur le haut de la montagne, je regardai le long des parois intérieures qui descendaient dans le précipice, et je revis cette même forme blanche qui m'avait attiré. Elle descendait, et je crus reconnaître en elle la chèvre de la vieille Babet, la compagne assidue de Claude.

— » Ah ! pauvre enfant ! murmurais-je en mon cœur, ce ne seront pas les loups qui auront déchiré ta chair, mais ces rochers aigus, ces pointes de granit ! Et si le malheur veut que tu sois arrivé vivant encore au fond de ce gouffre béant tu t'y seras consumé dans les angoisses de la faim ! Bruno, pauvre Bruno, dont le regard était si pur, si candide, le cœur si honnête et si bon !

» Pendant que je réfléchisaiss ainsi, Jeannette descendait toujours, sans même tourner la tête de mon côté, quoique cetrtainement elle m'eût vu. — Si je pouvais au moins la ramener chez la vieille Babet, me disais-je, ce serait une consolation pour elle, malheureuse femme !

» Dès que j'eus formé ce projet, je me mis à appeler Jeannette, d'abord très doucement de peur de l'effaroucher, ensuite plus fort, car elle semblait ne pas m'entendre, et je ne la voyais plus qu'à peine. Aucun bêlement, nul signe de vie ne vint répondre à mon appel .et me dire que la chèvre remontait vers moi. Mais, ô miracle ! ô Providence! ce fut une voix humaine qui me répondit, la voix du pauvre petit Claude vivant encore au fond de cet abîme ! malgré l'obscurité, et après

lui avoir jeté quelques mots d'es-
poir, je courus au village, puis je
revins ave quelques hommes de bonne volonté , chargés de cordes, de
torches allumées, et de tout ce qui
était nécessaire pour tenter la des-
cente du précipice. Je remerciai
Dieu avec effusion en songeant au
bonheur que cette soirée allait apporter à la triste aïeule de Claude.
Une heure après il était dans nos
bras, avec plusieurs blessures et de
nombreuses contusions, sans doute,
mais dont pas une n'était mortelle.
Le premier mouvement de Bruno
avait été de se jeter à genoux et de
remercier Dieu, qui l'avait conservé
pour sa pauvre grand'mère, car ce
fut elle qui eut sa première pensée.

— » Mais comment as-tu vécu là
cinq jours sans rien manger? lui
demandaient les paysans qui l'en-
touraient; c'est un miracle, n'est-ce
pas, monsieur le curé ?

» Comme Bruno allait répondre, Jeannette parut inquiète, attristée, furetant partout, nous flairant l'un après l'autre, agitée comme une mère cherchant son enfant perdu; c'est que Jeannette était effectivement depuis cinq jours la mère et la nourrice de Claude : uniquement occupée de lui, elle ne le quittait parfois une heure que pour aller remplir ses mamelles et les lui rapporter pleines d'un lait pur et sauveur; aussi dès qu'elle eut reconnu son nourrisson; l'objet de son inquiétude, de son attachement, elle lui fit mille caresses, suivies de bêlements joyeux et de quelques gambades; puis elle se remit à paître gravement à la lueur de nos flambeaux, comme si elle eut pensé que son lait fût nécessaire pour faire vivre son jeune compagnon.

» En voyant Claude, Babet pensa mourir de joie; mais elle vécut en-

core deux ans pour sentir son bonheur et voir son petît-fils dans une
position douce et honorable, car un
homme riche , habitant Perpignan ,
ayant su l'histoire de Claude, son activité , son intelligence, lui fit donner à ses frais l'instruction dont il
manquait, et le mit à la tête d'une
fabrique en pleine activité, et pour
laquelle il lui fallait un surveil-
lant.

» Grâce à cet événement, la vieille
aïeule mourut le cœur tranquille,
n'ayant que des remercîments à offrir à Dieu pour les faveurs qu'il
avait répandues sur ses derniers
jours ; et comme elle demandait, au
moment de quitter la terre pour le
ciel, ce qu'elle pouvait faire pour
me prouver son affection et sa reconnaissance , je la priai de me
laisser Jeannette, Jeannette que voici, et dont le seul instinct vaut mieux
que tant de beaux sentiments qu'on

étale souvent avec vanité et qui ne produisent aucun bien. »

En entendant prononcer son nom que le pasteur avait accompagné d'une caresse, Jeannette se leva joyeuse et bondissante; puis, reprenant la route du presbytère, elle se mit à marcher devant nous, tandis que nous la regardions tous deux avec attendrissement.

FIN.

TABLE

TABLE.

FIN DE LA TABLE.

Limoges. — Typ. F. F. Ardant frères.

www.ingramcontent.com/pod-product-compliance
Lightning Source LLC
Chambersburg PA
CBHW060802180626
46818CB00002B/668